AF403586

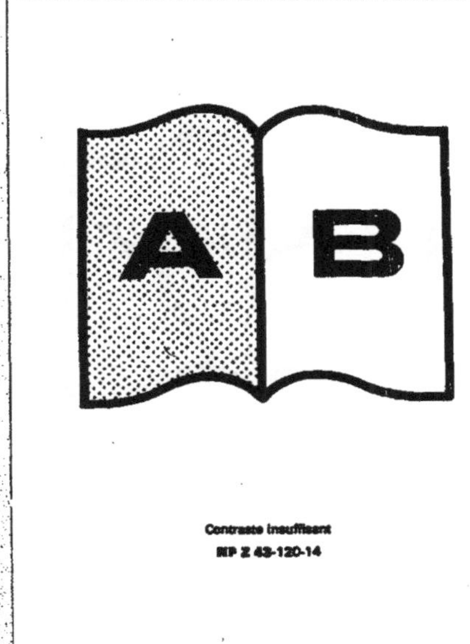

CONTRASTE IRREGULIER

ILLISIBILITE PARTIELLE

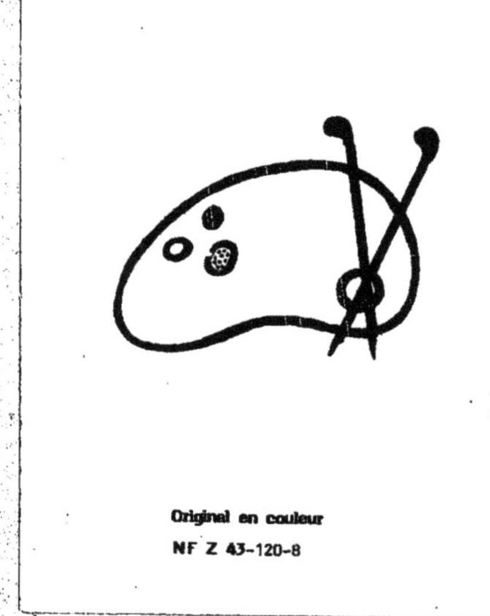

Original en couleur

NF Z 43-120-8

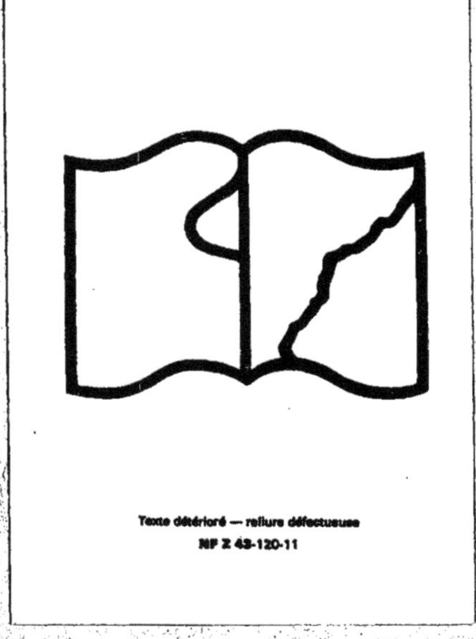

Texte détérioré — reliure défectueuse

NF Z 43-120-11

COUVERTURE SUPERIEURE

COUVERTURES SUPERIEURE et INFERIEURE

Collection "Patrie"

8° Z
7183
(8)

MAXIME VUILLAUME

LA BELGIQUE
à Feu et à Sang

20 c.
Le récit complet
illustré

LA COLLECTION "PATRIE"

15ᶜ · L'OUVRAGE COMPLET ILLUSTRÉ · **15ᶜ**

Parmi les nations alliées qui luttent pour le triomphe de leur idéal de droit et de liberté, la France a soulevé par sa vaillance et son héroïsme l'admiration du monde entier.

C'est un devoir sacré de conserver un souvenir impérissable des exploits, des dévouements et des sacrifices consentis par les héros de cette cause sublime et d'en répandre le récit dans tout l'univers.

Il est nécessaire aussi de fixer dans la mémoire de tous les peuples les forfaits inouïs, les crimes innombrables commis par les barbares orgueilleux qui ont déchaîné le fléau.

LA COLLECTION "PATRIE"

raconte chaque semaine un épisode de la Grande Guerre, émouvant, dramatique, vécu, puisé dans la glorieuse épopée.

Chaque numéro contient un récit complet illustré pour 15 centimes. Il paraît un numéro tous les vendredis.

LA COLLECTION "PATRIE"

est la véritable publication destinée à perpétuer l'admiration pour les héros et l'exécration pour les barbares.

OUVRAGES PARUS

1. La Chasse au Zeppelin
2. La Reprise du Fort de Douaumont
3. Miss Cavell, Héroïne et Martyre
4. Les Marais de Saint-Gond
5. La Chasse au Sous-marin
6. Perdus dans le "Labyrinthe"
7. Les Français en Alsace

POUR PARAITRE VENDREDI PROCHAIN

15ᶜ l'ouvrage complet

LA PRISE DE TAHURE

15ᶜ l'ouvrage complet

F. ROUFF, Éditeur, 148, rue de Vaugirard, PARIS-15ᵉ

N° 8. Collection "Patrie"   Paris. — Imp. de Vaugirard.

CHAPITRE PREMIER

LES BARBARES A LIEGE

UNE FAMILLE DE PATRIOTES

LA rue Saint-Léonard est l'une des voies les plus longues et les plus fréquentées de Liége. Ses maisons de briques, aux vitres garnies de rideaux blancs, donnent asile à de nombreux ouvriers de la manufacture d'armes et de la fonderie de canons, qu'elle côtoie.

L'après-midi du 3 août 1914, la rue Saint-Léonard était plus populeuse et plus bruyante encore que d'habitude. Sur les pas des portes, des visages affairés se montraient. Des groupes stationnaient par endroits, discutant fiévrement.

Tout à coup, les vendeurs de journaux se précipitèrent.

— *L'ultimatum à la Belgique!... La guerre déclarée par l'Allemagne!*

Toutes les têtes se tournèrent vers les camelots, débouchant des rues transversales, agitant les feuilles qui leur étaient aussitôt arrachées.

Copyright by F. Rouff. Edit., 1917. — Tous droits de traduction, de reproduction et d'adaptation réservés pour tous pays.

— La guerre! La guerre!

On entendait de tous les côtés s'élever cette exclamation.

— Je vous le disais bien — clamait un homme à la chevelure et à la barbe grisonnantes — que cela finirait ainsi. Depuis longtemps, je l'avais prévu. Les Allemands ont toujours songé à nous envahir, par le Luxembourg ou par une autre route. Ils ont violé hier la frontière de la principauté. Et ils violeront la nôtre demain — si ce n'est déjà fait. Il faut nous apprêter à soutenir bientôt de rudes combats.

L'homme qui parlait ainsi saisit rapidement le *Journal de Liége*, que brandissait un vendeur de journaux, et rentra dans sa maison.

Peter Jacob — c'était son nom — était connu de tous les habitants de la rue Saint-Léonard. Contre-maître, depuis de longues années, à la manufacture d'armes, il vivait avec ses deux fils et sa fille, tous trois employés, comme lui, à l'usine : les deux fils, deux solides gaillards de vingt à vingt-cinq ans; la fille, une admirable blonde, dont le frais visage aux yeux bleus semblait détaché de quelque cadre de Rubens.

L'intérieur de Peter Jacob était celui d'un ouvrier aisé et instruit. Les meubles simples reluisaient de propreté. Les cuivres brillaient au manteau de la cheminée. Des canons de fusils adossés à la muraille. Dans l'angle de la pièce où se tenait la famille, une fois rentrée du travail, une bibliothèque garnie de livres reliés et choisis avec goût.

Depuis trois jours, Peter ne dormait plus. Lui, qui ne perdait jamais une minute, semblait, à la grande stupéfaction de ceux qui le connaissaient, négliger sa besogne. Il suivait anxieusement, heure par heure, les événements qui se déroulaient, avec une rapidité de cinéma.

Le 31 juillet, l'armée belge avait été mobilisée. Ses deux fils allaient rejoindre leurs corps.

Brusquement, la porte s'ouvrit.

— Te voilà, Gilles! Où t'envoie-t-on?

— Je pars ce soir. Mon régiment, le 3ᵉ génie, doit défendre le passage de la Meuse, à Devant-le-Pont, tout près de Visé.

Le jeune homme, l'aîné des deux fils, venait de la caserne, où il avait été convoqué et équipé... Il portait le costume et les insignes de sergent de génie.

— Et ton frère Jean?

— Je l'ai vu à la caserne. Il est dirigé sur Louvain, où le Roi, dit-on, va installer son quartier général.

Au même instant, Jean Jacob entra à son tour.

Il avait revêtu l'uniforme aux brandebourgs jaunes, des hussards. Le sabre, bien astiqué, sonnait sur ses mollets robustes.

— Oui, mes enfants, c'est la guerre! Il va falloir défendre le sol de la Belgique. C'est le devoir de tous. Moi-même, je vous aurais accompagné, si je ne devais rester près de votre sœur Jeanne. Je suis désormais — et une larme brilla dans ses yeux — son unique défenseur.

Une grande rumeur emplissait la rue Saint-Léonard. Les trois hommes sortirent pour aller aux nouvelles.

La porte du café voisin, l'estaminet du *Gobelet d'Argent*, était grande ouverte. La salle était pleine. Debout sur une table, un homme parlait. Il contait les péripéties de la nuit passée. Le Conseil des ministres s'était réuni au Palais de Bruxelles, pour discuter l'ultimatum allemand, sous la présidence du Roi. Tous avaient été d'accord pour repousser l'insolente mise en demeure de l'étranger. La réponse allemande, prévue, avait suivi. La Belgique allait être envahie.

— Vive la Belgique! crièrent Peter et ses deux fils.

— Aux armes! Aux armes! répondit l'assistance. Nous nous défendrons jusqu'à la mort!

Peter sentit, à ce moment, une main se poser sur son épaule.

Il se retourna.

C'était sa fille Jeanne.

— Oui, père. Nous marcherons aussi, nous, les femmes. Nous marcherons à vos côtés, si jamais l'ennemi ose se présenter devant nos forts. Nous avons assez d'armes à la maison, des armes que nous avons fabriquées nous-mêmes, et qui portent loin et sûrement...

— Tais-toi, Jeanne... Ils n'arriveront jamais jusqu'ici. Et puis, les deux frères combattent vaillamment. Jean part pour Louvain, Gilles sera demain sur la frontière.

Tous quatre rentrèrent dans leur maison. La nuit était venue. Une nuit d'août, claire et semée d'étoiles.

Les deux jeunes gens s'éloignèrent, se dirigeant vers la caserne, qu'ils devaient quitter le soir même, chacun pour sa destination.

Le lendemain matin, 4 août, Gilles était sur la rive droite de la Meuse, quand les premiers cavaliers allemands — un groupe de uhlans — se montrèrent.

Cette fois, c'était bien l'invasion.

La nuit précédente, le génie belge avait fait sauter le pont de la Meuse, dont les arches écroulées entravaient le cours majestueux, creusant des remous autour des énormes pierres amoncelées.

Gilles saisit son fusil, une arme dont il avait lui-même foré le canon, et qui était marquée à son chiffre.

Il épaula lentement, visa, tira.

— Touché! crièrent gaiement les soldats qui étaient près de lui.

Un uhlan s'était écroulé. Le cheval s'enfuyait, traînant après lui, dans sa course folle, le cavalier dont le pied était resté engagé dans l'étrier.

Le détachement ennemi avait tourné bride, fuyant vers le nord, cherchant, probablement en remontant le cours de la Meuse, un gué où les chevaux pussent traverser le fleuve.

Les coups de feu des soldats belges les poursuivaient. Mais bientôt, derrière cette avant-garde, d'autres troupes ennemies apparurent.

Le gros de l'armée allemande était tout proche.

Vers quatre heures, le canon des forts de Liége avait commencé de tonner.

L'ordre arrivait de battre en retraite avant la nuit, l'armée belge était menacée d'enveloppement par les troupes ennemies qui avaient passé la Meuse au gué de Lixhe, qu'elles connaissaient de longue date, les Allemands ayant eu tout le temps et toute liberté de dresser la carte du territoire qu'ils voulaient envahir.

Le lendemain, 5 août, le pont-levis du fort de Barchon — un des douze forts qui défendent la ville — s'ouvrait pour laisser passer le 5ᵉ génie.

LES HORREURS DE L'INVASION

Gilles aurait bien voulu aller prendre des nouvelles de son père Peter et de sa sœur Jeanne. Mais ce n'était pas le moment de quitter son poste.

L'ennemi se présentait en masses énormes.

Plus de 120.000 hommes entrés en trombe en Belgique avaient commencé le siège de Liége. Le moment était venu, pour lui comme pour ceux qui l'entouraient, de défendre la Patrie et de mourir pour elle.

L'ennemi arrivant d'Aix-la-Chapelle, semait sur sa route les pires horreurs.

Du haut du fort, les soldats belges voyaient flamber à l'horizon les villages. Le ciel était rouge d'incendies. Le canon tonnait sans interruption. Le sol tremblait comme si un cataclysme eût été brusquement déchaîné.

C'était pis qu'un cataclysme, c'était la ruée des barbares.

Ce qu'il advenait de son père Peter et de sa sœur Jeanne, Gilles ne le sut que plus tard.

S'il eût pu ouvrir la porte de la petite maison de la rue Saint-Léonard, voici ce qu'il aurait vu.

Dès que les premiers coups de canon des forts avaient éclaté, comme un roulement de tonnerre, Peter s'était senti envahir par une fureur montée au paroxysme. Cette fureur s'était accrue encore quand il avait appris de la bouche d'une habitante de Visé, ancienne ouvrière de la fabrique d'armes, Laure Holden, les épouvantables massacres, les horreurs de toutes sortes des troupes d'invasion.

Un soir Laure Holden était apparue au seuil de la porte de la maison de la rue Saint-Léonard, les vêtements souillés, les cheveux en désordre, la face convulsée. Sans frapper, elle était entrée, et, sans attendre une minute :

— Peter, ce sont des bandits!... des barbares! Ecoute ce qu'ils ont fait, à Visé, à Argenteau, à Berneau, à Warsage... partout où ils ont passé. Moi... moi... Laure Holden, j'ai vu cela... Je les ai vus arriver, montés sur des automobiles, tirant, à tort et à travers, tuant tous ceux qui se présentaient à leurs coups. Les misérables! Tu te rappelles le vieux Jacques Vornet. Il vivait, heureux et tranquille, dans sa paisible retraite. Ils l'ont pris, l'ont poussé dehors... Et l'un de ces abominables bandits s'est approché. Il a tué froidement le vieillard d'un coup de revolver dans la tête... Ils venaient d'entrer à Berneau, où ils défilèrent pendant toute la journée du 4 août. Leurs troupes étaient campées dans une prairie. Un obus tombe au milieu d'eux. Un obus lancé par nos forts. Ils se précipitent, tirent sur les habitants terrorisés, hommes ou femmes. Ce n'est pas tout. Le mardi 4, à Soumagne, de nombreuses troupes allemandes traversent le village pour aller attaquer le fort de Fléron. Ils reçoivent, comme c'était justice, des obus. Ils massacrent les habitants, mettent le feu aux maisons... Horrible invention : ils prennent les femmes, les enfants, les forcent à se placer aux endroits où éclatent les obus, tirent sur eux s'ils cherchent à fuir. Ce que j'ai entendu raconter par les malheureux qui fuyaient avec moi cet enfer, pendant le chemin que j'ai fait jusqu'ici, est épouvantable. Ils tuent, ils assassinent, ils brûlent... Partout où ils passent, c'est le sang et le feu.

Peter, un moment silencieux, s'était levé d'un bond.

— Laure, on va se battre... Nous vengerons Jacques Vornet. Nous les vengerons tous. J'ai ici des armes. Je vais appeler les ouvriers et les ouvrières de la manufacture. Ceux qui n'auront pas de fusil prendront des fourches, des pinces de mineurs, tout ce qui peut frapper fort et tuer...

Des exclamations s'élevaient de la rue.

La bataille engagée devant les forts semblait se rapprocher. Les détonations se succédaient sans relâche. De larges éclairs illuminaient le ciel, détachant en noir, sur l'horizon incendié, les collines sur lesquelles sont assis les forts.

La journée du 5 août se passa dans les transes.

L'ennemi allait-il forcer le passage? Le général Leman ne disposait guère que de 35.000 hommes. Et l'invasion s'étendait toujours en vagues de plus en plus menaçantes. Le 6, les troupes belges s'étaient retirées entre les forts d'Hollogne et de Loncin — où le général avait établi son quartier-général.

La nuit du 6 au 7 fut lugubre.

Le moment est venu de montrer que nous sommes de vrais Belges — disait Peter dans un groupe de patriotes. Si l'ennemi paraît, fonçons sur lui. Nos braves soldats combattent à la baïonnette. Joignons-nous à eux.

Le matin du 7 août se leva sur un ciel superbe. Les forts tonnaient toujours. Tout à coup, une nouvelle courut, comme une traînée de poudre.

— Ils sont aux portes de la ville!

— En avant! En avant! hurla Peter, qui brandissait un fusil.

A côté de lui, Jeanne, qui n'avait pas voulu le quitter.

Ils se dirigeaient vers la Meuse. Bientôt, un large chant s'éleva. L'hymne populaire : *La Brabançonne!*

Il était sept heures et demie, quand Peter, Jeanne, Laure Holden et les autres eurent rejoint les troupes, auxquelles ils se mêlèrent.

Les coups de feu claquèrent. L'ennemi était en vue. Les cavaliers allemands, en tête, marchaient à petits pas. Derrière eux, l'infanterie en uniformes grisâtres. Peter les voyait. Sa rage explosait en cris vibrants.

— Hardis, les amis!

Ce fut un effroyable corps à corps.

Mais il fallut céder. Les troupes belges battirent en retraite. Le flot des envahisseurs se répandit dans la ville, muette et comme figée de stupeur.

Il n'était pas neuf heures quand Peter, les vêtements déchirés, la barbe pleine de poussière, les yeux hagards, rentra rue Saint-Léonard, où l'attendait Laure Holden, pâle comme une morte, les manches encore retroussées, sa fourche droite près d'elle. Jeanne rentra à son tour. Tous trois, après avoir remis en ordre leurs vêtements et s'être épongé la face, sortirent et se dirigèrent vers la rue Féronstrée, qui prolonge la rue Saint-Léonard.

Les soldats allemands emplissaient les rues. Aussi haut que le regard pouvait atteindre, on les voyait monter le dos courbé, le fusil en arrêt, l'interminable escalier de quatre cents marches qui, de la rue Féronstrée, conduit à la citadelle. De minute en minute, des coups de feu isolés éclataient...

— Les canailles!... Vous entendez!... disait Peter, à voix basse, les dents serrées. Les canailles! Ils fusillent... Ce soir nous verrons les incendies...

NUIT D'ÉPOUVANTE

Des jours et des nuits s'étaient passés. Nuits pendant lesquelles Liége dormit les yeux grands ouverts, dans l'attente de quelque grand massacre.

Le soir du 20 août, il était neuf heures, tout semblait reposer dans la ville, silencieuse comme une ville morte ou désertée, quand la fusillade se mit à crépiter.

Peter, la tête entre les mains, les coudes sur la table, songeait. Le bruit sinistre le fit sortir de son rêve.

— Jeanne, Jeanne, que font-ils encore? Quelles infamies préparent-ils?

Il sortit seul. La rue était obscure.

Il descendit, par une voie transversale, jusqu'au quai plongé, comme la rue, dans l'obscurité. Il prêta l'oreille. Cela venait du quartier de l'Université. Il longea le fleuve jusqu'au pont des Archives. Là, il dût s'arrêter. Des sentinelles allemandes barraient la route.

Que se passait-il d'horrible derrière cette muraille vivante?

Comme Peter voulait avancer, un soldat le mit en joue. Il

reprit, haletant et serrant les poings de colère, le chemin de la rue Saint-Léonard.

Derrière lui, une lueur sinistre montait vers le ciel noir.

L'incendie!

Et toujours les coups de feu, le tac-tac des mitrailleuses, racontant d'avance l'odieux massacre.

Le lendemain, de bonne heure, après avoir veillé toute la nuit avec sa fille Jeanne et Laure Holden, Peter poussait la porte du café du *Gobelet d'Argent*. Il était sûr, là, de trouver des nouvelles. Un groupe entourait une table. Dans ce groupe, Peter reconnut quelques ouvriers de la manufacture d'armes, hommes sûrs, qu'il connaissait de longue date.

— Je ne sais pas comment — dit l'un d'eux — je suis encore vivant ici... J'étais allé, hier soir, souper avec un ami, qui habite près de l'Université, où casernent, vous le savez, les troupes allemandes. Brusquemment, une fusillade s'engage contre les bâtiments universitaires. La place est bondée de soldats qui poussent des hurlements féroces et courent comme des forcenés. Les mitrailleuses sont braquées. On perçoit leur craquement sinistre. Les chefs lancent des ordres rauques. Les maisons voisines sont attaquées. Les volets sautent sous les coups de hache. Femmes, enfants, vieillards sont jetés hors de leur logis. Les hommes sont arrêtés... Non... Je ne sais comment j'ai échappé... La foule des soldats se précipite vers la statue d'André Dumont, où une vingtaine de malheureux sont debouts, adossés aux grilles... Horreur! Les coups de feu partent. Ils tombent... A peine sont-ils tombés que nous en voyons amener d'autres. Leurs femmes, suppliantes, les entourent. Ils sont abattus à coups de fusil. Les brutes abominables! Pour s'assurer qu'ils sont morts, ils les lardent de coups de baïonnettes, on les scalpent à coups de sabres... Vous avez connu le vieux cafetier...

— Le père Carpentier...

— Oui, lui-même, je l'ai vu tomber, ils se sont acharnés sur lui... Quand j'ai quitté ce lieu d'horreur, j'étais comme ivre. La tête me tournait... Les bâtiments flambaient tout autour de moi. Je suis enfin arrivé sur le quai, et, par les petites rues désertes, j'ai regagné la rue Saint-Léonard. Ah! la nuit d'épouvante!... Je ne l'oublierai jamais.

Le contre-maître de la rue Saint-Léonard retourna à sa maison, où d'autres nouvelles l'attendaient.

En son absence, Jeanne avait reçu, apportée, en grand secret, par un fugitif du fort de Loncin, une lettre de son frère Gilles.

— Des nouvelles de Gilles! dit Jeanne, à voix basse, en montrant la lettre.

Peter alla fermer les rideaux et tirer le verrou de la porte.

— Lis vite, Jeanne... Où est-il?... Comment a-t-il pu nous faire parvenir sa lettre?

L'AGONIE DU FORT DE LONCIN

Jeanne commença la lecture.

« Mon cher père, ma sœur chérie,

« Comment suis-je de ce monde, à cette heure où je vous écris, c'est encore pour moi un mystère. Nous sommes entrés au fort de Barchon, dans la soirée du 4 août, après avoir échangé de vives fusillades avec le gros des troupes allemandes. Nous n'y sommes restés que deux jours.

« Le lendemain, à l'aube, les Allemands, s'avançant en formations épaisses, grimpèrent la montée, comme s'ils allaient donner l'assaut. Nous avons attendu qu'ils soient à bonne portée. Quelle massacre nous en avons fait! Nos boulets creusaient dans leurs rangs des trouées énormes. Dans les intervalles des coups de canons, nous considérions ce terrifiant spectacle. Il nous semblait entendre leurs vociférations... Nous n'avons cessé de les canonner que lorsque nous nous fûmes assurés qu'ils se repliaient. A l'œil nu, nous voyions des tas de morts qu'ils laissaient derrière eux....

« Le soir, la nuit tombée, ils recommencèrent leur attaque. Cette fois-ci, nous percevions distinctement leurs hurlements. Nous reçûmes l'ordre de les recevoir à la baïonnette. Nous sortîmes, tous, régiments mêlés les uns aux autres. De l'infanterie, du génie, des hussards...

« Ah! ce que nous y allions de grand cœur... Ce fut un vrai massacre... Pendant deux grandes heures, on se battit à l'arme blanche. Ma baïonnette s'était faussée. Je tapais alors à coups de crosse; comme je tapais sur mon enclume à la manufacture... Quand je fus de retour au fort, je tenais mon fusil par le canon... La crosse était rouge de sang...

« C'est alors que nous pûmes nous rendre compte des horreurs de l'invasion allemande. Tout autour du fort, la campagne n'était qu'un immense brasier. Du haut de Barchon, nous dominions toute la vallée de la Meuse. Tout flambait autour de nous. On se fut cru dans un enfer...

« Le bruit courait, parmi la garnison du fort, que l'ennemi était entré dans Liége. Alors, j'ai pensé à vous. Cela a été pour moi comme un coup de massue...

« Que vous était-il arrivé? Je revoyais la rue Saint-Léonard, notre maison, le café du *Gobelet d'Argent*, où père va tous les jours.

Pendant le combat du 5, nous avions fait une centaine de prisonniers, que nous avions parqués dans les casemates... L'envie me vint d'aller les massacrer... Ah! on devient féroce! Mais, à qui la faute?

« L'ordre nous arrivait bientôt de nous replier entre les forts d'Hollogne et de Loncin, où était installé, nous dit-on, le général Leman. Nous sortîmes de Barchon et fîmes tout ce trajet sous un feu d'enfer. Enfin, nous arrivâmes à Loncin. Ma première parole fut pour demander si, véritablement, Liége était occupée. Hélas! c'était la vérité. La ville, la citadelle, tout était aux mains des Allemands. Qu'étiez-vous devenus, vous que je chéris. Je l'ignore encore aujourd'hui...

« Vous décrire tout ce qui s'est passé jusqu'au jour du grand bombardement serait impossible. Il me faudrait écrire des volumes. Mais nous savions bien que nous étions isolés. L'ennemi nous entourait de tous côtés. Notre dernière heure était proche. Jusque là, nous avions encore reçu, chaque jour, des obus, et nous les avions rendus avec usure.

Voilà que le 17 — je n'oublierai jamais cette date — j'étais dans la galerie centrale du fort, avec toute la garnison. Nous nous croyions à l'abri, puisque la voûte n'a pas moins de trois mètres d'épaisseur. De là, nous entendions les éclatements formidables qui frappaient les coupoles et les maçonneries. Nous étions tous résolus à résister jusqu'à la dernière goutte de notre sang.

« Tout à coup, une détonation, plus formidable que celles qui l'avaient précédée, fait tout trembler autour de nous. Nous avons su depuis que c'étaient les fameux obus de 305. Nouvelle détonation. La voûte de la galerie est arrachée par endroits. Allons-nous être ensevelis? Les coups se succèdent. Subitement, je me sens renversé, écrasé sous les moellons de la voûte. Tout tremble, tout se déchire autour de moi. Les lumières se sont éteintes. L'obscurité la plus complète nous enveloppe. J'étouffe. Une fumée âcre me serre la gorge...

« Qu'est-il arrivé? Le fort s'écroule-t-il donc tout entier! Un

Je vis passer devant moi le général Leman, retiré vivant, mais tout meurtri, des ruines du fort qu'il avait voulu défendre jusqu'à la mort (p. 12).

obus avait éclaté sur la poudrière, qui avait sauté, détruisant tout autour d'elle. J'entends des cris. Ce sont mes camarades qui, sous l'avalanche des débris, se relèvent et saisissent, de leurs mains sanglantes, les armes qui sont à leur portée. Face à l'ennemi! Les Allemands ont envahi le fort. Nous ne nous rendrons pas. Notre dernier cri sera « Vive la Belgique! ».

« Je perdis connaissance. Quand je rouvris les yeux, j'étais couché sur un tas de débris sans nom. Je vis passer devant moi le général Léman, retiré vivant, mais tout meurtri, des ruines du fort qu'il avait voulu défendre jusqu'à la mort... Ce jour-là était le 17... Je me jurai de rester libre...

« Au prix de souffrances sans nom, je pus m'échapper, aidé par le camarade qui vous remettra cette lettre. Fuyez aussi. Fuyez. Dans trois jours je serai à Louvain... J'y retrouverai peut-être Jean... Fuyez. Si nous devons mourir, nous mourrons ensemble... »

CHAPITRE II

LE CRIME DE LOUVAIN

PERQUISITIONS ET ARRESTATION

CE que Gilles ne pouvait savoir, quand il évrivait sa lettre, c'est qu'il ne pourrait pas arriver à Louvain.

Pendant qu'il combattait au fort de Loncin, l'ennemi s'était répandu comme une avalanche. Ses hordes couvraient tout le nord du pays. Louvain, où se trouvait le quartier-général, avec le roi, avait été occupé par les Allemands le 19, Bruxelles le 20. L'armée belge s'était retirée sur Malines, puis sur Anvers.

Tirlemont, Aerschott, Hasselt, d'autres villes encore, avaient été livrées au pillage, comme Visé et Warsage. L'incendie rougissait l'horizon.

L'armée allemande marchait avec la torche et le glaive.

Peter et Jeanne, après avoir lu et relu la lettre de Gilles, se consultaient à voix basse.

Par quels moyens sortiraient-ils de la ville?

Ils ne se doutaient pas, eux non plus, du désastre qui, en ce moment, frappait à coups redoublés la Belgique.

— Eh bien! dit Peter, je vais aller aux nouvelles. Gilles nous appelle. Il faut partir. Comment? Les Allemands occupent nos forts. Mais la ceinture est assez large pour y trouver un passage libre.

Peter sortit. Il se dirigea vers les quais, où il espérait recueillir les renseignements utiles à sa fuite.

Or, de graves incidents allaient, dès son départ, jeter l'alarme dans la rue Saint-Léonard.

Des détachements allemands, fusil sur l'épaule, avaient barré la rue, sur une longueur d'une centaine de mètres.

Quatre soldats s'étaient détachés. Ils frappèrent à une porte, entrèrent. Quand ils ressortirent, ils emmenaient, au milieu d'eux, un homme et une femme...

Les perquisitions, après le massacre de la ville, commençaient dans le quartier.

Ceux qui, apeurés, voulaient sortir, étaient repoussés dans leurs maisons à coups de crosses de fusil.

Les quatre soldats allemands arrivèrent à l'habitation de Peter. Ils heurtèrent violemment. Jeanne vint ouvrir.

A peine avaient-ils franchi le seuil que les Allemands éclatèrent d'un rire féroce.

Dans le coin de la bibliothèque, des canons de fusils étaient adossés.

— Vous avez des armes ici! hurla le chef du détachement. Suivez-nous.

Et ils frappèrent, à coups redoublés les meubles, brisant les cadres, jetant les livres à terre! ...

Jeanne voulut expliquer que, se conformant à l'ordre de la *Kommandantur*, son père avait déposé à l'Hôtel-de-Ville les fusils qu'il possédait, mais qu'il avait cru pouvoir conserver les canons non achevés, qu'il se proposait de reporter à la manufacture.

Pour toute réponse, le sergent allemand commanda, d'une voix rauque :

— *Vorwœrts!* (1)

____

(1) En avant!

Jeanne sortait bientôt, encadrée par les soldats.

Quand Peter fut de retour rue Saint-Léonard, il ne fut pas longtemps sans connaître la fatale nouvelle. Il vit son logis dévasté.

Sa fille n'était plus là.

Au *Gobelet d'Argent*, la salle était pleine de monde. Chacun racontait ce qu'il avait vu. Les soldats avaient emmené une vingtaine de personnes. Un grand gaillard, Henri Vanputte, avait suivi, jusqu'à l'Université où était la *Kommandantur*, le triste cortège des personnes arrêtées. Il les avait vues passer le seuil. Puis la porte s'était refermée sur elles.

Vanputte ne s'en était pas tenu là. Il avait lié conversation avec un soldat allemand dont la physionomie lui avait semblé moins cruelle que celle de ses voisins.

— Qu'est-ce qu'on va faire de tout ce monde? avait-il demandé négligemment, en allemand, au soldat.

— Je n'en sais rien. Il en est parti hier une cinquantaine, à destination de Louvain et de Bruxelles... D'autres ont pris une autre route...

— Vous occupez donc Bruxelles et Louvain?

Le soldat ne répondit pas.

Il fit signe rudement à Vanputte de passer au large, en croisant sur lui sa baïonnette. Comment savait-il déjà, ce soldat, que Bruxelles et Louvain étaient tombées aux mains de l'envahisseur?

Car à l'heure où il parlait — on le sut plus tard par les affiches de l'autorité militaire ennemie — l'armée allemande paradait sur la Grande Place de Bruxelles. Quelques jours encore, elle allait incendier Louvain.

Peter écoutait Vanputte, sa tête grise enfouie dans ses mains.

Il se leva brusquement.

— J'y laisserai ma vie, s'écria-t-il... Mais je retrouverai ma fille...

Et il sortit en courant comme un fou.

L'EFFROYABLE EXODE

Huit jours après, Peter était à Tirlemont, à cinquante kilomètres de Liége.

Comment avait-il pu faire ce long trajet, à travers les armées ennemies?

Lui seul le savait.

Il avait quitté Liége le soir même où il avait appris, de la bouche de Vanputte, que les malheureux, arrêtés rue Saint-Léonard, seraient dirigés sur Louvain et Bruxelles, et, depuis, il ne s'était pas reposé une minute.

Arrêté? Il pouvait l'être. Fusillé aussi. Mais que lui importaient les périls auxquels il s'exposait? Jeanne n'était-elle pas, elle aussi, aux mains des barbares?

Il avait marché, et marché sans relâche.

Il avait déchiré ses vêtements et sa chair aux ronces du chemin.

Il avait vingt fois esquivé la balle de la sentinelle, qui lui criait, le fusil abaissé :

— *Werda?* (1)

Surpris la nuit, près d'une rivière, il s'était caché dans les roseaux inondés de la rive, et avait passé ainsi des heures, de l'eau jusqu'aux épaules, sans bouger. Le matin, quand l'aube se leva, les soldats allemands n'étaient plus là. Il sortit de sa prison liquide, se sécha au soleil et repartit.

A l'heure où nous le retrouvons, il suivait la route de Tirlemont à Louvain.

Peter n'était pas seul.

Autour de lui, une foule se pressait. Une foule qui fuyait, affolée. Hommes, femmes, vieillards, enfants, couraient, se bousculaient. Des charrettes emportaient les vieux et les malades. Des femmes serraient contre elles leur enfant, endormi ou mourant.

Sur toutes les figures, l'épouvante avait jeté son masque effroyable.

Peter s'était heurté à cette lamentable foule de fuyards.

Il courait de groupe en groupe, dévisageant ceux qu'il accostait.

Sa fille n'était-elle pas là, quelque part dans ce triste cortège?

Tout à coup, il reçut comme un coup violent au cœur.

Il s'était entendu appeler par son nom.

— Peter Jacob? N'êtes-vous pas Peter Jacob, contre-maître à Liége?

Peter se retourna.

— C'est vous, Lise Weber... Est-ce bien vous que je retrouve ici... vous que j'ai connue à Louvain, où votre mari était aubergiste à la *Croix-d'Or?*

---

(1) Qui va là?

— Mon mari! Mon pauvre Albert! Ils l'ont tué.... Ma maison... brûlée... Mes enfants disparus.

— Tué?.... Brûlée?... Disparus?...

— Vous ne savez donc pas, continua Lise... Toute cette foule misérable, qui fuit avec nous... tout cela, ce sont les malheureux habitants de Louvain... Où allons-nous? Nous n'en savons rien... Il y a quatre jours, les soldats allemands ont, dès le matin, crié dans les rues,

« — Louvain sera bombardé à midi. Tous doivent quitter la ville immédiatement... »

— Arrêtez, Lise, arrêtez... Louvain a-t-il donc vu, comme Liége, toutes les horreurs et tous les crimes?

Lise Weber ne put retenir un long sanglot.

Et, tout en marchant, ses paroles scandées par les gémissements et les cris de douleur, voici l'horrible histoire qu'elle raconta.

TERRIBLES ANGOISSES

Lise et Peter s'étaient arrêtés sur le seuil d'une petite maison, au bord de la route.

Ils entrèrent pour prendre un instant de repos.

La maison était déserte. Les habitants avaient fui.

Seul, un gros chat noir dardait sur eux ses prunelles de feu.

Lise commença son récit.

— Depuis le 7 août, où arrivèrent les blessés des combats de Liége, Louvain avait pris un aspect inaccoutumé. Les automobiles circulaient à toute vitesse dans les rues. Les hôpitaux étaient pleins... L'angoisse commençait d'envahir tous les cœurs. Successivement, on apprit que les forts de Liége étaient pris. Hasselt, Tongres, Saint-Frond étaient occupés... Le 14 août, un bruit de moteur fit lever toutes les têtes vers le ciel. Là-haut, dans les nuages, un aéroplane allemand, un gros oiseau noir aux ailes éployées, planait. D'autres parurent bientôt... Des nouvelles sinistres se propagèrent. Les Allemands envahisaient la Belgique, avec le cortège infernal des incendies et des massacres... Le lendemain, le bruit courût, dès le matin, que l'état-major de notre armée quittait Louvain, et se retirait sur Anvers... Les derniers trains de chemins de fer pour Bruxelles partiraient dans la soirée.

Le pont serait ensuite dynamité... Nous étions abandonnés...
L'ennemi devait être tout proche...

« Ce fut alors que les premiers fuyards apparurent, venant
de Tirlemont... Une famille s'arrêta devant notre auberge. Le
père, la mère et cinq enfants.

— D'où venez-vous? leur demandons-nous.

L'homme fit un geste désespéré montrant, à l'horizon, le ciel,
lourd de fumée et de feu.

Les charrettes, pleines de blessés, se succédaient, dégouttantes
de sang. On se sentait envahir par l'effroi. Nos soldats défilaient,
en route pour Anvers. Seuls. Nous restions seuls, isolés, sans
appui. Mais j'arrive au jour sinistre, au matin du 19 août.

— Un mot, Lise, un seul, et vous poursuivrez votre récit.
Mes deux fils, Gilles, qui est dans le génie, et Jean, qui est dans
les hussards, sont-ils venus vous voir à la *Croix d'Or?*

— Non... non... Personne n'est venu de votre part.
Personne!

Jeanne n'était donc pas à Louvain.

Peter baissa la tête.

LES VOILA! LES VOILA!

Le matin du mercredi 19 août, continua Lise, le canon se fit
entendre du côté de Tirlemont. Les derniers fantassins de notre
armée passèrent, harassés, traînant le fusil. Tout à coup, des
cris éclatèrent. Des gens couraient affolés.

— Les voilà! Les voilà!

Je glissai un regard à travers les persiennes. Un détachement
de cavaliers ennemis, revolver au poing, passait au triple galop
de leurs montures.

Ce n'était que l'avant-garde. Bientôt, le défilé commença.
D'abord les cyclistes, qui, de la main, faisaient des signes,
comme s'ils voulaient rassurer la population.

Les bandits! Les bandits! Quand je songe à ce qu'ils ont fait!

Derrière eux, un officier, vieux, les cheveux gris, à cheval,
criait : « Fermez les fenêtres! »

L'infanterie montra ses têtes de colonnes. Je les verrai toujours, avec leurs casques à pointe, quelques-uns en petit « calot »
à bande rouge, marchant au pas, un pas lourd, sonore, comme
mécanique, le fusil sur l'épaule, le sac au dos. Les fifres sifflaient

un air étrange, qui vous déchirait les oreilles. Les tambours roulaient.

Un officier leva l'épée. Toutes les bouches s'ouvrirent. Un chant s'éleva : le fameux hymne allemand, le *Wacht am Rhein* (1). Derrière l'infanterie, la cavalerie... Des chevaux fringants. Des officiers à l'air hautain, qui nous regardaient d'un air de défi... Puis encore des soldats à pied, des casques à pointe, des canons qui roulaient avec un bruit sourd, des uhlans, des dragons...

Le long de l'interminable colonne, des cyclistes déroulaient des fils télégraphiques et téléphoniques, qu'ils accrochaient aux réverbères... Ah! tout cela était préparé de longue date...

Il en défila ainsi jusqu'à neuf heures du soir... Quand ce fut fini, et que nous sortîmes dans les rues, nous vîmes, sur les portes, des annotations à la craie... les logements que nous devions préparer le soir.

Vous dire la nuit que nous passâmes! Nous logions une vingtaine de soldats. A la première blancheur de l'aube, ils se répandirent dans les rues.

Il était cinq heures, quand nous entendîmes des commandements rauques. Les officiers ordonnaient : *Helm ab!* (2). L'auberge de la *Croix d'Or* ouvre, vous le savez, Peter, sur la Place. Des files de soldats étaient là, tête nue. Un commandement, et ils prennent tous l'attitude de gens qui prient. Oui, ils faisaient la prière!

La prière! ceux qui, toute leur route, avaient pillé, assassiné, incendié.

Ils relevèrent la tête. Un seul cri fendit l'air, comme un rugissement formidable. « *Hoch dem Kaiser!* » (3)

Le flot se reforma. Le soir, ils étaient, de nouveau, tous repassés sous nos fenêtres. Ils partaient pour Bruxelles.

Louvain n'était plus qu'une vaste écurie. Les rues, les places, les squares, tout disparaissait sous une couche épaisse de fumier et d'ordure. Des affiches, en langue allemande, ou en français barbare, couvraient les murs. Au sommet de l'Hôtel-de-Ville — ô honte — flottait un drapeau blanc et noir, le drapeau allemand.

____

(1) *La Garde au Rhin.*
(2) Casque à la main.
(3) Gloire à l'Empereur!

« MON MARI! MES CHERS PETITS! »

Lise s'arrêta un instant.

« Tout cela n'est rien — reprit-elle. Dès leur entrée à Louvain, les Allemands s'étaient livrés aux pires excès. Ils avaient pillé les maisons abandonnées par leur maîtres. Ils s'étaient plongés dans les plus répugnantes orgies. Ils avaient arrêté comme otages, au mépris de toute humanité, le bourgmestre, le recteur de l'Université, des magistrats, des échevins, ils avaient pris l'argent des banques. Mais le massacre et l'incendie n'avaient point encore été organisés. Cela devait être le mardi 25 août. Je n'oublierai pas cette date. Celle où commencent tous mes malheurs.

« Louvain regorgeait de troupes allemandes, ce jour-là. On entendait le canon grondant dans toute la région. Au cours de l'après-midi, des centaines de hussards ennemis couverts de poussière et tirant leurs chevaux par la bride, remontaient la rue de Malines. Des cavaliers galopaient dans les rues, criant : *Alarm! Alarm!* Des chariots en désordre rentraient précipitamment en ville; les conducteurs, surexcités, braquaient leurs revolvers sur les fenêtres.

— « On se bat à dix kilomètres d'ici » cria quelqu'un.

On sut plus tard que nos braves soldats, entrés en collision avec les Allemands du côté de Malines, les avaient repoussés jusqu'aux portes de Louvain.

« Nous étions assemblés, mon mari, nos deux enfants — un petit garçon de cinq ans et une petite fille de trois — dans la salle du rez-de-chaussée de l'auberge. Comme l'ordre en avait été donné, mon mari avait fermé les fenêtres. Nous attendions, anxieux, le cœur plein de noirs pressentiments.

Brusquement — il était huit heures du soir — un coup de feu, puis plusieurs éclatent, tout près de nous. Des soldats couraient, le fusil sous le bras. Leurs regards, pleins de colère, disaient déjà leur rage de destruction.

D'autres coups de feu retentissent.

Puis un bruit étrange, comme des mâchoires de fer qui s'ouvriraient et se refermeraient avec une extraordinaire vitesse, et dont je ne m'expliquais pas encore l'origine. C'étaient les mitrailleuses.

Mes deux enfants se pressaient contre moi, tout en pleurs.

Des coups violents à la porte. Mon mari se précipite pour ouvrir. Coups de feu. Des casques à pointe, la baïonnette en avant, se montrent à la porte de la salle.

— On a tiré sur nous. Qui a tiré? hurlent les soldats.

Je me sens violemment jetée dans le couloir voisin. Je heurte quelque chose où mes jambes s'embarrassent. Horreur! le cadavre de mon mari, tout saignant de ses blessures.

Les misérables!

Mes enfants, mes chers petits enfants, où sont-ils?

— Sortez, sortez vite.

Je suis jetée dehors, saisie par les soldats. Je me retourne. Je vois des flammes sortir des fenêtres de l'auberge. Mon Dieu! mon Dieu! Que sont devenus nos chers petits.

Lise sanglotait. Ce ne fut qu'après avoir versé d'abondantes larmes, qu'elle reprit :

— Sur tout le parcours, de notre maison à l'Hôtel-de-Ville, des scènes atroces se produisaient à chaque pas. A coups de crosses et de baïonnettes, des malheureux étaient jetés hors de leurs habitations et venaient grossir notre pitoyable cortège... Le lendemain matin, on me relâcha. Je courus à notre auberge. Il n'y avait plus à sa place, que des murs noircis et des décombres fumants. Je cherchai mes petits. Où sont-ils? Brûlés? Tués à coups de baïonnettes? Vivants, quelque part... Où?...

Lise s'écroula dans une dernière plainte, comme le râle d'une bête blessée à mort.

Une pâleur mortelle couvrait son visage.

DES FLAMMES ET DU SANG

Ce fut un autre infortuné, attiré là par le poignant récit de Lise, qui, à son tour, prit la parole.

L'homme était vêtu d'une redingote, éclaboussée de boue. La barbe longue, les yeux rougis. Le visage portait toutes les traces d'une indicible souffrance.

— Je suis — dit l'homme — professeur dans un collège de Louvain. J'ai fui, comme tous les malheureux qui m'entourent, la cité où je suis né, aujourd'hui ruinée par les flammes, qui ont dévoré tout ce que j'aimais, les pierres sacrées de la Cathédrale,

— Vive la Belgique! cria-t-il d'une voix terrible. Mort aux Barbares! (p. 51).

les livres rares de la bibliothèque, les Halles où j'allais passer des heures à me rappeler le passé de gloire de Louvain.

« C'était le 26, à la tombée de la nuit. On entendait le canon hors de la ville. Tout à coup les soldats allemands se précipitent. On leur a dit que les troupes belges rentraient dans la ville. Dans l'obscurité, ils ne reconnaissaient pas que ces troupes étaient, non pas des Belges, mais des Allemands, battus et chassés jusqu'aux portes de Louvain. Des coups de fusil partent. Des cadavres allemands jonchent le sol. C'est alors que le cri sinistre retentit :

— On a tiré!

Qui? Les civils.

Alors la rage allemande ne connaît plus de bornes. Ivres de fureur, ils battent, à coups de crosses, les portes des maisons. Ils en font sortir les malheureux qui s'y sont réfugiés. Ils tirent au hasard, dans le tas. Ils tirent partout. Trois soldats envahissent la maison où j'étais entré une heure auparavant.

— On a tiré ici. A mort! A mort!

Baïonnettes au dos, ils nous chassent.

Je rencontre un ami qui, pâle et défait, erre.

— Ma maison brûle, me dit-il. Les Allemands ont brisé les fenêtres et jeté des torches enflammées dans le salon. Je n'ai eu que le temps de fuir.

« La nuit était venue. Mais, il faisait grand jour. Un jour abominable. Un jour rouge, éclairé par les incendies, qui lançaient de tous côtés leurs flammes. Il était une heure du matin, quand on me dit :

— Les Halles sont en feu.

Je monte au grenier de la maison où je suis entré. Des milliers et des milliers d'étincelles montent dans la nuit. Horreur! Le superbe et vénéré bâtiment, qui a résisté à l'épreuve des siècles, n'est qu'un immense brasier.

Au feu les manuscrits précieux, les livres inestimables, les tableaux, les fresques, les arceaux. Mon cœur se fend. J'éclate en sanglots.

Aux quatre vents du ciel s'éparpille tout ce qui faisait la gloire de l'Université de Louvain.

Mais ce crime n'est qu'un de ceux que devaient commettre ces barbares, dignes fils des grands envahisseurs. La cathédrale Saint-Pierre brûle, elle aussi. Le théâtre municipal. J'ai vu tout cela.

« Les Allemands ressemblent à des démons. Ils courent de

rue en rue, de maison en maison. Ils attisent l'incendie, en jetant dans le brasier des pastilles qui éclatent et projettent autour d'elles de nouvelle flammes.

Le jour vient. Ah! quel spectacle. Des quartiers entiers qui brûlent et fument. Des chevaux morts dans les rues encombrées, des cadavres et des ruines.

« Les horreurs que j'ai contemplées ne sortiront jamais de ma mémoire.

J'ai vu des soldats ivres, ivres d'alcool et de sang, courir par les rues, des bouteilles à la main. Et tout cela dans la puanteur des cadavres et des chairs grillées.

Ils n'ont rien respecté. Ils ont fusillé avec des raffinements de lâcheté et de cruauté. Ils allaient de maison en maison, donnant aux habitants l'ordre de se rendre devant la Station. Malheureux ceux qui obéissent à cet ordre. Dès qu'ils sont arrivés devant la gare, ils sont immédiatement entourés de soldats qui les jettent à terre, les lardent à coups de baïonnette. On en conduit d'autres derrière un mur. Mur sinistre, tout criblé de balles. Les infortunés tombent bientôt sous le feu des meurtriers.

« Je partis, comme tous les malheureux que vous voyez ici, par la route de Tirlemont. Voilà des jours que je marche, repoussé de partout par les assassins, qui tuent et brûlent sans relâche. Je vais tenter de rentrer dans Louvain. Mais, le pourrai-je? Et qu'y retrouverai-je? Des ruines, du sang.... »

Le professeur cessa de parler. Un pli amer se creusa sur ses joues. Il s'assit, la tête dans ses mains, sur une des marches de la porte, et resta là, immobile, muet, anéanti.

LE STRATAGÈME DE PETER

Pendant tout ce pitoyable récit, qui eut arraché des larmes aux pires bourreaux, Peter avait gardé un silence farouche.

Sa fille était autre part. Il songeait à sa fille.

Certain, d'après les dires de Lise, qu'elle n'était pas venue à Louvain, il songeait à la rechercher ailleurs. A Bruxelles? A Anvers? Mais comment atteindre ces deux villes?

Eh bien! il ferait comme il avait fait quand il avait décidé de quitter Liége.

Les troupes belges n'étaient pas loin. Il les rejoindrait, dût-il laisser aux pierres de la route les derniers lambeaux de sa chair.

Il se leva précipitamment, alla serrer, en silence, les mains du professeur, fit part, en quelques mots de sa résolution à Lise.

Il abandonna tout d'abord l'idée d'aller à Bruxelles.

Un pressentiment lui disait qu'il retrouverait Jeanne à Anvers. Courageuse comme il la savait, capable d'affronter, comme un soldat, tous les dangers et de résister à toutes les fatigues, il se disait qu'elle avait dû songer à rejoindre ses frères à l'armée.

Il se trompait, comme on le verra plus loin.

La nuit était venue. Sans dire mot, Peter se mit en marche.

La route était toujours encombrée de fuyards, de charrettes d'animaux domestiques de toute espèce depuis le chien, fidèle à ses maîtres, qui les avait suivis, jusqu'aux animaux d'étables, moutons, porcs, vaches, marchant à l'abandon, chassés hors de la ville par l'incendie.

Peter se souvint d'un stratagème qu'il avait vu employer par les habitants de Liége, résolus à traverser les lignes ennemies.

Il choisit, parmi ces animaux qui n'étaient plus à personne, une vache, qu'il poussa devant lui, comme si elle lui appartenait. Il était désormais, s'il rencontrait quelque soldat ennemi, un pauvre paysan, qui avait quitté sa ferme, avec ce qui lui restait de son bétail.

Le stratagème réussit.

Il passa ainsi, sans trop de peine, les lignes ennemies.

Il marcha trois jours et trois nuits, avant d'atteindre les limites de l'invasion, qui étaient pour lui le salut.

Il fut vingt fois arrêté, chassé, battu à coups de crosse, menacé de mort. Mais il était soutenu, dans les pires heures de son calvaire, par cette foi, qui s'était imprégnée en lui, qu'il allait retrouver sa fille.

Enfin, les premiers uniformes belges lui apparurent.

Son cœur battit violemment.

— Avez-vous vu ma fille? cria-t-il au premier soldat qu'il rencontra. Je suis Peter Jacob, contre-maître à Liége.

Son air égaré, ses vêtements déchirés, sa barbe inculte, le faisaient ressembler à quelque aliéné échappé de sa prison.

On le réconforta. On lui fit conter sa triste histoire.

— Votre fille, nous ne l'avons jamais vue. Mais votre fils, Gilles Jacob, était encore hier avec nous. Il a, avec son régiment, fait retraite sur Anvers. Vous l'y trouverez sûrement.

CHAPITRE III

DANS ANVERS BOMBARDÉ

PETER RETROUVE SON FILS GILLES A ANVERS

DE Liége, d'où il s'était échappé, le 17 août, avec un gros de combattants du fort de Loncin, Gilles s'était tout d'abord dirigé sur Louvain. Mais il avait dû obliquer à l'ouest et prendre la direction de Malines, et ensuite, du camp retranché d'Anvers, où le Roi avait établi son quartier général. De là, Gilles était sorti à maintes reprises avec le détachement dont il faisait partie, pour attaquer l'ennemi. L'armée dût bientôt se replier sur l'Escaut et la ville d'Anvers, dernier boulevard de la résistance belge.

Anvers est entourée d'une double ceinture de forts. Des retranchements, des cours d'eau, l'Escaut, la Nèthe, le Ruppel, un système d'écluses qui permet d'inonder de vastes étendues, faisaient considérer la place comme pouvant résister au moins une année. La garnison d'Anvers fit à diverses reprises reculer les Allemands. Le 5e génie campait près du fort de Lierre, en avant de la Nèthe, l'un des forts principaux de la ceinture extérieure de la défense.

C'est là que, le 10 septembre, trois semaines environ après avoir quitté Liége, Peter retrouva son fils Gilles.

Ce que fut la rencontre des deux hommes, après un long mois de séparation et d'angoisses, on peut se le représenter.

Ils tombèrent dans les bras l'un de l'autre, et s'étreignirent longuement.

— Mon fils!... mon fils!... Oh! les misérables!... Ils ont arrêté ta sœur Jeanne... Où est-elle?

Les pleurs inondaient son visage.

Elles devaient bientôt être séchées. Gilles retirait de son portefeuille une lettre, pliée en quatre, l'ouvrait :

— Jeanne! Voilà ce que j'ai reçu d'elle. Elle est à Paris. Elle a traversé des misères effroyables. Mais elle vit. Lisez. Son récit tient du prodige.

Peter était comme transporté de joie.

Sa fille! Vivante! Elle, qu'il avait crue morte, tuée par les abominables bandits de Liége, ou tout au moins prisonnière, et en quelles mains!

Ce fut d'une main tremblante que Peter prit la lettre de sa fille. Il la retourna lentement, la parcourut d'un coup d'œil.

— Oui, c'est bien d'elle. C'est bien d'elle!

— Mais oui, lisez, lisez.

JEANNE FAIT A SON FRÈRE GILLES LE RÉCIT DE SES INFORTUNES

Les sanglots lui montaient à la gorge. Ses mains tremblaient.
Gilles reprit la lettre et lut :

Mon bien aimé frère,

C'est à toi que j'écris. On me dit ici, à Paris où je suis depuis quelques jours, que ma lettre te parviendra sûrement, puisque les communications subsistent entre la France et l'armée belge. J'adresse ma lettre, comme on me l'a recommandé, au sergent Gilles Jacob, au 5e régiment du génie belge.

Je ne te demande pas où est notre père; tu l'ignores comme moi. Le récit de mes malheurs à Liége est aussi celui des siens. Puissent les nouvelles que je vais te donner t'aider à retrouver ses traces.

C'était le soir du 21 août. Nous venions de lire la lettre que tu nous as fait remettre par l'ami sûr dont je ne transcris pas le nom ici, craignant que ma lettre ne tombe en des mains ennemies. Ton père était sorti pour préparer notre fuite. Il faut te dire que, la veille, d'odieux massacres avaient ensanglanté la ville. Tout à coup, on frappe à notre porte. J'étais seule. J'ouvre. Je suis bousculée par quatre soldats allemands qui crient : « Vous avez des armes ici! » Ils s'emparent des fusils que nous avons toujours, tu le sais, inachevés. Je tente de leur expliquer leur présence dans notre logis. Ils ouvrent tous les meubles, les armoires. Ils frappent sur les murs, soulèvent les lames du plancher, descellent les carreaux du parquet. Ils ne trouvent rien. Leur rage est indescriptible. Ils hurlent. Ils brisent tout. J'étais sortie dans la rue. Ils se précipitent, me mettent la main à l'épaule. Nous rejoignons un groupe d'habitants de la rue Saint-Léonard, arrêtés comme moi. Hubert Diron, sa femme, Jean Lamure, une quinzaine d'autres, nous marchons, encadrés par une vingtaine de soldats, le fusil sur l'épaule, qui nous menacent de nous fusiller et nous poussent à coups de crosses et à coups de bottes. Où allons-nous? Nous n'osons prononcer une parole, par terreur de nos bourreaux. Derrière les vitres du *Gobelet d'Argent*, j'aperçois, en passant, Henri Vanputte, qui sort sur le pas de la porte. Je crois bien qu'il nous a suivis. Je n'ai pas osé me retourner pour m'en assurer.

Nous arrivons à la *Kommandantur*, qui est installée dans les bâtiments de l'Université. On nous introduit dans une salle, où règne un inexprimable désordre. Il y a là des livres déchirés, des instruments scientifiques qui ont dû servir aux professeurs, et qui sont brisés. Nous restons, jusqu'au matin, debout. Quelle heure était-il quand je tombai à terre, rompue de fatigue? Une horloge, celle de Saint-Paul je crois, sonna minuit. Quand je me réveillai, nous étions seuls. Les soldats avaient disparu. Qu'allait-on faire de nous?

Brusquement, une porte s'ouvre.

Un soldat se montre et crie l'ordre de nous mettre en rangs.

— *Vorwœrts!*

Nous sortons. Nous passons sur la place où est la statue d'André Dumont. Nous voici en face d'un autre bâtiment, où on nous fait entrer. Des soldats et encore des soldats. Assis sur une chaise, devant une table, un officier, à l'air rogue, un monocle à l'œil. Il parle le français avec des expressions et des gestes qui m'auraient fait rire en d'autres occasions.

— Vous avez détenu des armes malgré les ordres qui ont été donnés. C'est la mort, vous le savez.

Peter, qui, jusque là, était resté silencieux, leva les bras, ferma ses poings crispés :

— Ah! si j'avais été là!

Gilles continua sa lecture :

« A ce moment, mon bien aimé frère, vos images chéries se sont présentées à mon souvenir. Ne vous reverrai-je donc plus! Mais il était écrit que nous nous retrouverions. »

L'interrogatoire clos, nous sommes conduits dans une cour extérieure du bâtiment. Il était neuf heures du matin. Nous y restons jusqu'à midi. Puis, nouvel exode. On nous conduit, toujours entre des files de soldats, à la gare des Guillemins. Nous sommes bien une cinquantaine, hommes et femmes. Je suis à côté d'Hubert Diron et de sa femme.

Va-t-on nous embarquer dans les wagons qui attendent? Des wagons à bestiaux, aux parois closes. Il nous semble qu'à travers les portes des cris étouffés, des sanglots s'échappent, Allons-nous partager le sort des malheureux qui y sont enfermés?

Il est à peu près deux heures de l'après-midi quand un gros gaillard, botté, éperonné, le revolver à la ceinture, sanglé dans son énorme panse, un *hauptmann* (capitaine) arrive en soufflant. Il parle haut, d'une voix courroucée, à un sergent. Lamure, qui comprend l'allemand, nous dit que nous allons en effet être embarqués dans les wagons. La destination, il l'ignore.

— Débarrassez-moi vite de tout ce monde, a crié l'hauptmann.

Encore une fois, on nous crie : *Vorwœrts*. Les wagons s'ouvrent. On nous y pousse. Pressés les uns contre les autres, sans air pour respirer. Les portes se ferment. Les wagons roulent. Nous sommes en pleine obscurité

Où allons-nous. Nul ne le sait. Nous roulons deux heures, trois heures. Depuis quelques temps déjà, nous entendons un bruit sourd. Le canon. On se bat. Brusquement — il est environ cinq heures du soir — le train s'arrête. Les portes des wagons glissent et s'ouvrent. Les soldats montent, nous chassent à coups de crosses dans les reins. Nous voici encore une fois sur une route. Les détonations se font plus précises. Le canon tonne sans relâche. Que veut-on faire de nous? pourquoi nous mènent-ils dans la bataille? Peut-être veulent-ils nous faire marcher devant eux pour s'abriter derrière-nous. Des cavaliers surgissent de toutes parts. Des soldats à cheval, aux uniformes gris verdâtres, avec une casquette plate, passent au galop, armés. Seraient-ce des Anglais? Où sont nos gardiens? Ce seraient-ils enfuis devant les Alliés victorieux? Quelle anxiété m'étreint? J'ai su depuis que nous traversions l'aile gauche de l'armée franco-anglaise. Affolée, je me jette, sur le bord de la route, dans une grande cour d'usine, où je me dissimule derrière une haute cheminée. Le canon et la fusillade redoublent. J'étais là, anéantie, quand une automobile s'arrête, à deux pas de moi. Un officier descend, tire sa lorgnette, interroge l'horizon. Il se tourne de mon côté, m'aperçoit :

— Qui êtes-vous! me dit-il en français, mais avec un accent étranger.

Je lui raconte en deux mots mes tristes aventures.

— Je vais à Cambrai, me dit-il, porter un ordre. Vous pouvez m'accompagner. Vous serez en France.

Mon sauveur — car cette intervention m'a sauvée — était un officier anglais de liaison, de l'armée du général French.

Nous montons, nous filons à toute vitesse. Il m'apprend que nous avons été abandonnés, sur la lisière de la grande bataille — la bataille qu'on a nommée depuis la bataille de Charleroi — par nos bourreaux.

Le soir, nous étions à Cambrai. Sur le conseil de l'officier et avec son aide, je suis montée dans un train à destination de Paris.

Te dire ma joie, quand, après des heures d'angoisse et d'espérance, je me vis libre — libre, en terre de France. Libre... Sauvée...

Le lendemain, 23 août, je débarquais à la gare du Nord, à Paris.

Et toi, bien aimé frère, où es-tu? Où est notre frère Jean? As-tu des nouvelles de notre père? Ecris-moi vite. Dans l'infortune qui nous accable et qui accable la Belgique, soyons forts et unis, comme dit notre devise nationale, et aimons-nous.

Ta sœur qui vous embrasse tous.

JEANNE.

DANS LE FRACAS DES EXPLOSIONS ET SOUS LES BOMBES DES ZEPPELINS

Le soir même, Peter fait part à son fils Gilles de ses projets.

Le vieux patriote avait résolu de combattre une dernière fois et de mourir, s'il le fallait, pour la Belgique.

— J'ai cinquante-deux ans, disait Peter à son fils Gilles. Je me sens encore la force de lutter à côté de vous, plus jeunes. On ne peut pas me refuser de m'inscrire dans les rangs de la garde civique d'Anvers. Ta mère était Anversoise. Je défendrai à la fois notre pays et la ville où elle était née.

Peter se rendit à Anvers. Le jour de son arrivée, il faisait sa déclaration à l'Hôtel-de-Ville, et il était incorporé.

Chaque jour, de garde à l'Hôtel-de-Ville, Peter entendait la canonnade furieuse que les Allemands dirigeaient sur les forts.

Il avait loué une petite chambre dans un des quartiers les plus populeux d'Anvers, sur la place où se trouve le vieux puits de Quantin Metzys.

Il s'était retiré dans sa chambrette, la matinée du 7 octobre, pour y prendre quelque repos, quand un de ses camarades, garde civique comme lui, ouvrit brusquement la porte.

— La ville va être bombardée! Le général allemand vient de faire prévenir les autorités. Le bombardement commencera ce soir à minuit.

Peter revêtit son uniforme et sortit.

Il attendit la nuit dans une inexprimable angoisse.

Le ciel était plein d'étoiles. Au loin, la canonnade tonnait.

Des lueurs parurent dans le ciel. Il était environ 10 heures. Puis une formidable détonation. Puis d'autres...

Les lueurs dans le ciel, c'étaient les zeppelins.

Les détonations, c'étaient les bombes qu'ils lançaient.

— Ce sont nos derniers jours, dit à Peter le camarade qui l'avait accompagné... Hier, le Gouvernement a pris toutes les dispositions en vue d'éviter les plus grands désastres. Les grands réservoirs de pétrole ont été vidés. J'ai vu enlever de la Cathédrale les tableaux de nos maîtres... La *Descente de Croix* de Rubens, que les obus des Barbares ne détruiront pas... On a tué les lions et les serpents du Jardin zoologique, qui auraient pu s'échapper dans la ville...

Au même instant, un obus éclatait tout près.

Toute la nuit, ce fut un enfer. Les grosses pièces allemandes tiraient sans discontinuer.

Spectacle tragique et grandiose. Les éclairs gigantesques des canons illuminaient la nuit. Les détonations se succédaient sans relâche.

L'exaspération qui avait déjà envahi Peter, quand il avait appris l'arrestation de sa fille, montait de nouveau en lui.

— Ils n'entreront pas à Anvers! se disait-il à lui-même, d'une voix farouche. Dussé-je rester seul à combattre, je combattrai jusqu'à la dernière minute, jusqu'à ce qu'ils aient osé fouler le sol de la ville. Oui, je mourrai, mais je ne me rendrai pas.

Il marchait d'un pas rapide et saccadé, sans se soucier des obus qui tombaient autour de lui, se dirigeant vers le port.

Là, un spectacle terrible l'attendait.

Un pont de bateaux avait été jeté sur un bras de l'Escaut, et, au bout de ce pont, des bateaux, déjà pleins de monde, étaient sur le départ. Le pont, les bateaux, tout était encombré d'une foule terrorisée, des femmes et des enfants, des hommes, qui luttaient pour atteindre le salut, une place sur le navire qui allait quitter le port, les soustraire à l'enfer au milieu duquel ils vivaient.

Les forts étaient tombés, l'un après l'autre, écrasés par les obus monstrueux.

Le 10, au matin, une parole sinistre courût : La ville capitule!

Les détonations cessèrent. Il était midi. Un silence de mort se fit.

Peter entendit le roulement des tambours et le sifflement des fifres, qui annonçaient l'approche de l'ennemi, entrant en vainqueur.

Déjà les premiers rangs des troupes allemandes avaient dépassé l'Hôtel-de-Ville.

Peter s'était dissimulé derrière un pilier du monument.

Un officier allemand passait, à la tête de son régiment, à cheval, jetant sur la foule, muette et terrorisée, un regard arrogant.

Peter se leva. Il s'élança vers l'officier, étendit les bras pour s'opposer à sa marche en avant.

— Vive la Belgique! cria-t-il d'une voix terrible. Mort aux Barbares!

Il n'avait pas achevé que les soldats se précipitaient, l'entraînaient, le jetaient, debout, sur la muraille toute proche. Une détonation. Peter n'était plus qu'un cadavre.

Le vieux patriote avait fait serment de mourir quand le sol de sa ville serait violé par l'ennemi.

GILLES ÉCRIT A SA SŒUR JEANNE. — L'ARMÉE BELGE SUR L'YSER

Près d'un mois s'était écoulé depuis la chûte d'Anvers. Les défenseurs de la ville se sont repliés sur Ostende, par Bruges, et finalement, se sont établis sur les lignes de l'Yser.

C'est de là que Gilles écrit à sa sœur Jeanne, à Paris.

Lignes de l'Yser, fin octobre,

Ma bien aimée Sœur,

C'est de l'Yser que je t'écris. Nous avons arrêté là notre retraite. C'est là que campe ce qui reste de notre héroïque armée de campagne et de l'armée de forteresse d'Anvers.

Le 10, tu le sais, Anvers capitulait. La veille, les troupes belges s'étaient retirées par Bruges et Ostende. Mais il ne fallait pas songer à rester à Ostende. Dès le lendemain de notre arrivée, la retraite, par le chemin tracé dans les dunes, commençait.

Je ne veux point te décrire le tableau poignant que présentait notre armée, harassée, manquant de tout. Les blessés la tête ou le bras enveloppés de bandages saignants posés à la hâte, suivaient, en s'appuyant les uns sur les autres.

Enfin, suivant la côte, et protégés sur notre flanc, à l'est, par les vaillants fusiliers marins français, nous arrivâmes à l'Yser, une petite rivière, bordée de saules.

Ma chère sœur, aie du courage. Notre père n'est plus. Il est mort en brave. Je tiens ces détails d'un camarade, dont le frère, un Anversois, assistait à l'entrée des Allemands.

Il a vu notre père se précipiter vers l'officier qui s'avançait à cheval, l'apostrophant, criant de toutes ses forces : « Vive la Belgique! A mort les envahisseurs! » Notre père a été arrêté, et fusillé à bout portant. Pleurons-le. Mais soyons fiers de son acte de courage et de patriotisme.

Notre frère Jean est prisonnier. Il a été, avec plusieurs camarades, entouré par un gros d'ennemis, à Aerschott. Il est dans un camp de prisonniers, près de Breslau, en Silésie.

Courage, ma sœur. Ne désespérons pas de l'avenir. La lutte sera peut-être longue, mais nous reconquerrons un jour notre pays et notre liberté. Je t'embrasse bien fort.

Ton frère, GILLES.

Le père assassiné par les Allemands; la fille arrêtée et chassée de son logis, n'échappant que par miracle à ses bourreaux; un des fils prisonnier en Silésie; l'autre, toujours vaillant, prêt à venger les siens et à mourir à son tour pour la Patrie; telle est la tragique et poignante histoire d'une famille de patriotes belges sous la terreur allemande.

FIN

Pour paraître vendredi prochain :
LA PRISE DE TAHURE

www.ingramcontent.com/pod-product-compliance
Ingram Content Group UK Ltd.
Pitfield, Milton Keynes, MK11 3LW, UK
UKHW022354120726
13694UKWH00005B/1861